# DISCOURS

## *PRONONCÉS*

# DANS L'ACADÉMIE

## FRANÇOISE,

### Le Jeudi IX Janvier M. DCC. LXXII.

## *A LA RÉCEPTION*

## DE M. DE BELLOI.

A
L'IMMORTALITÉ

## A PARIS,

Chez la V. REGNARD & DEMONVILLE, Imp. de l'Académie
Françoise, au Palais, à la Providence, & rue basse des Ursins,

## M. DCC. LXXII.

*M. DE BELLOI ayant été élu par Messieurs de l'Académie Françoise, à la place de S. A. S. Monseigneur le Comte DE CLERMONT, y vint prendre séance le Jeudi 9 Janvier 1772, & prononça le Discours qui suit.*

# MESSIEURS,

QUEL prix plus noble pourroit satisfaire l'ambition d'un Homme-de-Lettres passionné pour le véritable honneur, que de se voir admis dans cette Compagnie célèbre qui préside à la Littérature Françoise, & qui choisissant elle-même les Ecrivains qu'elle veut associer à sa gloire, les présente à la Nation de l'aveu même du Monarque! Tel est le bienfait qu'une excessive indulgence a pu seule m'accorder. J'aime à me le retracer dans toute son étendue, pour bien connoître celle des devoirs qu'il m'impose: & quand on prend plaisir à se faire un tableau fidèle des dettes de son cœur, c'est

que l'on sent un défir fincère de pouvoir les acquitter.
Souffrez, MESSIEURS, que mes actions de graces fe
partagent entre le Public & vous. Les bontés qu'il m'a
prodiguées, vous ont paru des titres de faveur qui
m'exemptoient de la rigueur ordinaire de vos jugemens. Combien il m'eft doux de devoir mon bonheur
à cette Nation qui m'eft fi chère, & de pouvoir lui offrir dans le zèle que je lui ai témoigné, un gage de la
reconnoiffance que je lui promets!

Une circonftance unique, & qui manquoit à vos faftes, peut faire regarder le moment où vous daignez
m'adopter comme un des époques les plus intéreffantes
pour les Lettres. Obfcur citoyen, né loin des Grandeurs
& oublié de la Fortune, je remplace parmi vous un Prince du Sang de nos Rois ! Fut-il jamais un exemple plus
éclatant de cette précieufe égalité, l'ame de toute Société Littéraire ? C'eft ici que des Miniftres, des Généraux d'Armée, des Pontifes, des Princes, viennent
goûter, dans le fein des Arts, la douce fatisfaction
d'oublier leurs titres, jouïr de la liberté de n'être
qu'eux-mêmes, & quelquefois fe confoler de leur
grandeur. Fatigués des refpects & des hommages qui
n'appartiennent qu'à leurs noms & à leurs dignités,
ils cherchent dans l'affemblée des Sages, dans le Sanctuaire des Mufes, la confidération perfonnelle qu'on
obtient par les vertus, & cette diftinction fi flatteufe
qui récompenfe les talens. Mais en s'honorant eux-mêmes, ils annobliffent les Arts : & c'eft un échange
de gloire, où l'on ne peut guères déterminer de quel
côté eft l'avantage.

S. A. S. Monfeigneur le Comte de Clermont fentit

ce besoin réciproque des Hommes d'Etat & des Gens-de-Lettres : il voulut être le premier Prince du Sang qui fît aux Muses Françoises un honneur digne d'elles, & plus digne encore d'un Bourbon. Il ne fut arrêté, ni par les murmures d'un vain préjugé, ni par les prétendues loix de l'Etiquette, Tyran que les Courtisans ont donné aux Princes & aux Rois. En effet quelle raison auroit pu lui faire dédaigner de se retrouver au milieu des Hommes célèbres qu'il admettoit dans son Palais, & des Grands avec lesquels il vivoit à la Cour, ou servoit dans les Armées ? N'avoit-il pas vu son Roi, le Chef de son auguste Maison, venir se déclarer votre Protecteur, & honorer de sa présence cette Assemblée respectable ? Ne savoit-il pas que le Souverain du plus vaste Empire du Monde, le Czar Pierre-le-Grand, s'étoit glorifié d'être membre d'une Académie des Sciences formée & gouvernée par un autre Monarque *? On peut donc dire hautement, d'après l'Europe entière, que cette démarche de M. le Comte de Clermont honora tout-à-la-fois & le Prince qui la fit, & le Corps qui en fut l'objet, & le Roi qui la permit.

Dès sa plus tendre jeunesse, M. le Comte de Clermont avoit chéri & favorisé tous les Arts : mais son goût pour eux n'étoit point une passion qui lui fît négliger les devoirs de son rang, & dérober à la Patrie un seul des momens que lui doivent ceux qui sont nés pour la défendre. Ce Prince peut être proposé comme un modèle à notre jeune Noblesse, que l'on excite quelquefois à renoncer aux Emplois utiles, pour ne se

---

* L'Académie des Sciences de Paris.

livrer qu'aux études agréables, à faire son unique oc-
cupation de ce qui ne doit être que son délassement.
Eh! quel Gentilhomme peut ignorer que, dans les titres donnés à ses Aïeux par la Patrie, l'engagement de
la servir est héréditaire comme les biens & les dignités?

Si le Prince que nous regrettons aima tous les Arts,
il n'en cultiva que deux, les deux Arts des Héros
& des Condés, les Armes & les Lettres. Dans la Littérature, il s'attacha particulièrement à la connoissance
des principes & des délicatesses de notre Langue, devenue la Langue universelle des Cours de l'Europe. Il
crut que ce devoit être la première étude d'un Prince
François, puisque c'est la seconde de tous les Princes
Etrangers. Aussi étoit-il parvenu à écrire, à parler
avec une pureté d'expressions qui prêtoit un nouveau
lustre à la noblesse de ses pensées.

Il fit ses premières armes sous les Maréchaux de
Barwick & d'Asfeld, au pied des remparts de Philipf-
bourg. Ce fut là qu'il apprit ce grand Art des Siéges,
dans lequel aucune Nation ne nous dispute la supério-
rité, & dont il déploya bientôt les secrets devant la
Citadelle d'Anvers, & sur-tout devant les Châteaux
de Namur. Ce redoutable amas & de rochers & de Forts
entassés par la nature & l'art, avoit arrêté Louïs XIV
pendant un mois entier: six jours suffirent à M. le
Comte de Clermont pour s'en rendre maître.

Rien ne peut donner une idée plus avantageuse de
ses talens militaires, que la pleine confiance avec laquelle le Maréchal de Saxe le chargeoit toujours des
opérations les plus importantes. Il sembloit que ce
Grand-Homme eût trouvé le génie dont il avoit be-

foin pour entendre & feconder le fien. Dans les fan-
glantes journées de Raucoux & de Lawfelt, il choifit
M. le Comte de Clermont pour conduire les attaques
décifives. L'héritier des Condés s'y comporta en Général & en Grenadier. L'intrépide Maurice trembla plus
d'une fois pour les jours du Prince, & n'eut pas un
moment d'inquiétude fur la victoire.

N'oublions pas , en rendant juftice au talent avec
lequel M. le Comte de Clermont faififfoit les grandes
vues de fon Général , n'oublions pas de rappeler des
vertus plus effentielles & plus rares; fa fidélité fcrupu-
leufe, fon zèle ardent & défintéreffé dans l'exécution
des projets qui lui étoient confiés. Jamais il n'eût entrepris, ni même imaginé, d'augmenter fa gloire perfonnelle en compromettant celle du Chef de l'Armée,
encore moins en hafardant la deftinée de l'Etat. Ah!
MESSIEURS, lorfque dans la Guerre fuivante, M. le
Comte de Clermont commanda en chef, s'il eût été
fervi comme il avoit fervi Maurice, que la France
pourroit ajouter de lauriers à ceux qu'elle sème fur la
tombe de ce généreux Prince !

Offrons-lui d'autres tributs moins brillans, mais plus
doux ; ceux que l'Humanité doit à fes bienfaiteurs. Il
portoit dans les camps & au milieu des horreurs de la
Guerre, une bonté compatiffante qui faifoit toujours
retrouver l'Homme dans le Héros. Il connoiffoit l'A-
mitié, premier plaifir des belles ames: il avoit fu l'at-
tirer & la fixer auprès de lui cette fille de l'Egalité,
elle que la grandeur, & fur-tout le voifinage du Thrône effarouchent & intimident. Que dis-je ? ce n'eft
point à la Cour de Louïs qu'elle peut fe croire étran-

gère : ce Monarque montre aux autres Souverains le véritable secret de faire régner l'Amitié dans leur Cour, c'est de commencer par la faire habiter dans leur cœur. M. le Comte de Clermont fut l'Ami de son Roi ; & ce titre suffiroit pour son éloge : il eut des Amis parmi vous, & ce titre ne leur est pas moins glorieux. Ils savent combien il chérissoit la douce familiarité qui rapproche les ames en faisant disparoître les rangs, & dédommage de la dignité par le bonheur. *Venez*, écrivoit-il à d'anciens Officiers de son Régiment, *l'Amitié vous attend à bras ouverts ; venez voir un bon Gentilhomme dans son Château* : car il prisoit infiniment ce titre de Gentilhomme, depuis qu'il l'avoit su mériter dans les tranchées de Namur & de Philipsbourg. Cependant, avec ses inférieurs, il se souvenoit souvent qu'il étoit Prince ; mais c'étoit pour sentir que l'Amitié lui imposoit plus de devoirs, parce qu'il avoit plus de moyens & plus d'occasions de la servir.

Parlerai-je de sa libéralité inépuisable envers les Malheureux ? Il ne se bornoit pas à soulager l'extrême indigence, qui, par une longue habitude de souffrir, se contente de peu de secours : il les prodiguoit à ces Citoyens honnêtes qui n'ont pas toujours été pauvres, & dont une aisance passée a multiplié les besoins. Il avoit loué, autour de la retraite qu'il s'étoit choisie, plusieurs maisons considérables, où il recueilloit une multitude de familles infortunées dont son cœur étoit le premier asyle. Sa bienfaisance infatigable faisoit chercher dans les réduits les plus obscurs, ces vénérables victimes de l'Honneur qui préferent la mort à

la

la honte de révéler le fecret de leur misère. Avec
quelle délicateffe il ménageoit leur noble pudeur, leur
fière fenfibilité! On voyoit un Prince qui rougiffoit
d'offrir, & dès-lors on ne rougiffoit plus de recevoir.

Ce qui l'étonnoit, MESSIEURS, c'étoit la facilité,
la dépenfe médiocre avec laquelle il étoit parvenu à
faire tant de bien. Il ne concevoit pas qu'il pût y avoir
un fi grand nombre d'indigens fur la terre, tandis qu'il
y a un fi grand nombre d'hommes riches & puiffans,
dont un feul pourroit, avec l'excès de fon fuperflu,
foulager des milliers de malheureux. Souvent en leur
diftribuant le prix d'une frivolité faftueufe qu'on eft
prêt d'acquérir, on racheteroit la vie de vingt orphe-
lins, on fauveroit l'honneur de plufieurs familles. Si
les Grands favoient combien il leur en coûteroit peu
pour fe faire adorer, ils auroient honte de n'être que
refpectés.

Je m'apperçois, MESSIEURS, qu'en vous entrete-
nant de M. le Comte de Clermont, j'ai paffé les bornes que vous vous prefcrivez ordinairement dans les
éloges de vos Confrères. Mais m'étant confacré aux
Héros de la Patrie, je devois plus qu'un autre à la
mémoire d'un Bourbon. Je fens même que je trouve
un attrait particulier dans la loi que vous vous êtes
impofée de payer tous un tribut de reconnoiffance à
vos Protecteurs auguftes, & à votre immortel Fonda-
teur. Ils tiennent un rang fi diftingué parmi les Grands-
Hommes de la France, que la néceffité de leur rendre
hommage n'eft pour moi qu'une heureufe occafion de
rentrer dans le genre National que mon cœur a choifi.

RICHELIEU, dont l'efprit vafte & fécond embraf-

B

ſoit tous les objets & poſſédoit tous les talens, fût à la fois le Chef des Conſeils, l'Ame des Armées, le Reſtaurateur des Loix, le Protecteur des Arts, le centre de la puiſſance & de la gloire de l'Etat. Il dirigeoit d'un coup-d'œil tous les mouvemens de l'Europe, tandis que ſes mains affermiſſoient le Thrône de ſon Maître, ou ébranloient les Thrônes des Rois ennemis de la France. Ce fameux Miniſtre n'a jamais été loué plus dignement que par les deux Hommes de notre âge qu'il auroit pris lui-même pour ſes Juges, & à qui l'expérience ou l'étude ont le mieux appris la ſcience du Gouvernement: je veux dire le ſublime Héros Légiſlateur de la Ruſſie, & le profond Monteſquieu Légiſlateur de tous les Empires. *O Grand-Homme, s'écrioit le Czar dans un tranſport d'admiration, je t'aurois donné la moitié de mes Etats pour apprendre de toi à gouverner l'autre!* Et Monteſquieu, dans le réſultat de ſes ſavantes obſervations, prononce que le Cardinal rétablit les véritables Loix de la Monarchie Françoiſe, & jeta les fondemens de la grandeur de Louïs XIV. Ces deux jugemens fixent pour jamais l'opinion de la Poſtérité; & les Gens-de-Lettres ne les ont pas attendus pour reconnoître & chérir dans Richelieu le créateur du bel âge des Sciences & des Arts: c'eſt lui ſeul qui en a fait naître l'aurore: c'eſt à lui que le Genre-Humain doit un troiſième ſiècle de génie & de raiſon, au milieu de cette immenſe révolution de ſiècles d'ignorance & d'erreurs qui compoſent l'Hiſtoire de l'Univers.

Louïs XIV avoit dans le cœur toute la force, toute l'énergie, toute l'élévation que le Cardinal avoit eues dans l'efprit. La Nature lui préfenta de toutes parts des Génies fublimes, & lui donna à lui-même une ame fupérieure pour les juger, pour les mettre à leur place, & pour les forcer à remplir leurs deftinées. Défirant toujours de grandes chofes, il les infpiroit aux Grands-Hommes nés pour les produire. A fa voix on vit partir du fein de la France des rayons de lumière qui s'étendirent fur toute l'Europe, & percèrent jufqu'aux bornes du monde. Cette Compagnie étoit le foyer qui fans ceffe les reproduifoit, & le Monarque fentit qu'il n'appartenoit qu'à lui de la gouverner. Il fit vanité d'être le fucceffeur du Chancelier de Louïs XIII, dans le titre de votre Protecteur; jugeant ce nom trop beau pour le céder à fes Miniftres. J'oublie fes victoires, pour vous occuper de fes difgraces. Quand un Grand-Homme a ceffé d'être heureux, c'eft l'époque de fa vie où les Sages l'obfervent pour décider s'il a mérité fa réputation. Contemplons ce Roi dans fa foixante & quinziéme année, par-tout abandonné de la Fortune, gémiffant de furvivre à fa gloire & à fa nombreufe poftérité: les Nations conjurées, fières d'avoir appris de lui-même l'art de vaincre, ofent lui prefcrire arrogamment une paix déshonorante. Ecoutons fa réponfe: *Je vais appeller ma Nobleffe, me mettre avec elle au premier rang de mon Armée, & m'enfevelir fous les ruines de mon Royaume:* voilà Louïs le Grand. Son défefpoir épouvanta fes vainqueurs; & bientôt la journée de Denain & la conquête de Fribourg leur montrèrent ce que peut encore un Roi de France malheureux, qui appelle les cœurs de fes Sujets.

Quand nous parlons d'un Monarque aimé, de quel-

que preuve d'attachement pour un Souverain, quelle
réflexion touchante, quelle douce émotion tourne fou-
dain nos cœurs vers le Maître qui les possède, vers le Roi
le plus chéri du peuple qui fait le mieux chérir ses Rois !
C'est encore pour nous une jouissance délicieuse, que le
souvenir de ces transports inouis qui signalèrent notre
amour, quand le Ciel rendit aux vœux, aux larmes, aux
besoins de la Patrie, le Père qu'elle lui redemandoit.
On se rappelle combien ses sentimens étoient mérités,
lorsque dans ce lit de douleur, où la faulx de la Mort
étoit déja levée sur sa tête, uniquement occupé de notre
prospérité & de notre gloire, il dictoit d'une voix
mourante le dernier ordre qu'il croyoit donner au Général de son Armée : c'étoit de *se souvenir que le Grand
Condé avoit gagné la bataille de Rocroi, cinq jours après
la mort de Louïs XIII.* O François ! voilà comme son
cœur répondoit aux vôtres.

Jamais cette ame grande & simple a-t'elle formé de
vœux, qui n'eussent pour objet notre bonheur & celui de l'Humanité ? Vingt années de paix furent les
prémices de son règne. Réduit au malheur de faire
des conquêtes, il s'est borné à celles qui pouvoient
devenir les fondemens d'une paix plus durable. La res-
titution des Royaumes de Naples & de Sicile, démem-
brés de la Monarchie Espagnole par les infortunes de
Louïs XIV : l'acquisition de la Lorraine, de cet Etat
toujours dangereux que la Nature avoit fait pour être
une de nos Provinces, & qui depuis plusieurs siècles
restoit isolé au milieu du Royaume, pour l'ouvrir con-
tinuellement à ses ennemis : tels sont les seuls fruits
que le Roi s'est permis de recueillir de ses premiers

triomphes. L'Univers admira fon noble défintéreffe-
ment, lorfque dans les champs de Fontenoi & de Lawfelt, du haut de fon char de victoire, il conjura les
vaincus d'épargner de nouveaux malheurs au Genre-
humain. Et cette paix dont nous jouiffons aujourd'hui,
& que nous avons frémi de voir rompre, quelle main
en a renoué les liens chers & facrés? A qui l'Europe
doit-elle ce nouveau bienfait? Elle fait que le Roi étoit
lui-même en ce moment le Négociateur & le Miniftre.

Jetons les yeux fur tant d'établiffemens utiles qui
caractérifent particulièrement fon règne: fur les Eco-
les de gloire & de vertu, où il fait élever ces enfans
précieux qui défendront un jour les nôtres: fur la Nobleffe, devenue par d'anciennes Ordonnances de nos
Rois le prix de l'opulence oifive, & que Louïs XIV
lui-même avoit oublié de donner pour récompenfe à
la valeur. Le Roi, par une Loi nouvelle, accordant
la nobleffe aux fervices militaires, la fait renaître de
fa premiere fource.

Arrêtons nos regards, Messieurs, fur un événement encore récent, & qui feroit plus honorable à
la Nation qu'au Souverain, fi tout n'étoit commun
entr'eux, & fi les plus beaux titres d'honneur d'un Roi
n'étoient les vertus de fes Sujets. Prouvons à la France,
dans le temps même où quelques voix lui crient fans
ceffe que fes enfans dégénerent, prouvons-lui que
l'Honneur, ce principe, cette effence du caractère
national, vit plus que jamais dans les ames, & fur-
tout dans celles de nos généreux Guerriers qui font les
premiers dépofitaires de ce feu facré. Je ne puis me défendre de rendre juftice à mon fiècle: je ne me fuis pas

voué uniquement à nos anciens Héros ; & mes contemporains me font encore plus chers que leurs Ancêtres.

Nos braves Gentilshommes qui viennent du fond de leurs Provinces, je ne dis pas feulement donner leur vie pour l'État, mais, ce qui eft fouvent plus cruel, perdre une partie d'eux-mêmes, ou confumer leur fanté & leur fortune dans les pénibles travaux de la Guerre, avaient obtenu de Louïs XIV la confolation du François, une marque d'honneur, qui les fuivant par-tout, annonce les dettes de la Patrie, & fuffit à fes bienfaiteurs. Le vieux Soldat, auffi avide de gloire que fon Officier, gémiffoit de voir fes longs fervices ignorés, de n'avoir aucun figne remarquable, qui pût les attefter à fes Concitoyens, & lui apporter le refpect public pour récompenfe. Un Miniftre ennemi du fafte, & qui aime la folide gloire, fent le premier ce befoin du Soldat François ; il le confie au Monarque : & dans le moment où tant de Rois voifins conduifent leurs Soldats par la terreur des châtimens, le Roi propofe aux fiens l'émulation des honneurs. Pour décorer les Soldats vétérans, felon la durée de leurs fervices, différentes marques de diftinction font envoyées dans tcus les Régimens du Royaume : auffi-tôt l'allégreffe, le raviffement, l'enthoufiafme, s'emparent de toutes les ames : d'un bout du Royaume à l'autre, le jour de cette cérémonie militaire devient la Fête de l'Honneur. On voit ces refpectables vétérans verfer des pleurs de joie & de reconnoiffance fur le fceau de la valeur que l'Officier leur attache lui-même ; l'Officier qui répand à fon tour des larmes de ten-

dreſſe & d'eſtime en embraſſant les anciens compagnons de ſa gloire : on voit ·les jeunes Soldats
compter, appeler les années qui leur manquent,
& ſoupirer d'envie en ſe conſolant par l'eſpoir : le
Peuple·pleure auſſi d'admiration autour de ſes dé-
fenſeurs, & apprend à ſentir toute la dignité de leur
état : une foule d'anciens Soldats, qui avoient quitté
leurs étendards après avoir rempli le temps preſcrit
pour le ſervice de la Patrie, accourent & redeman-
dent avec leurs armes le droit de mériter l'illuſtra-
tion de leurs ſucceſſeurs : enfin des Etrangers, témoins de cette ſcène attendriſſante, laiſſent eux-
mêmes échapper des larmes non ſuſpectes, & ne peuvent dans leur ſaiſiſſement proférer que ces deux
mots : Quelle Nation ! Quelle Nation ! . . . Eh bien,
François, pourriez - vous vous refuſer votre propre
eſtime ?

La refuſeriez-vous à ce dernier trait auſſi grand,
mais moins connu ? Il eſt des Peuples chez leſquels
on a beſoin, dans des attaques meurtrières, d'égarer
la raiſon du Soldat, pour lui cacher le péril où on
l'expoſe. Mais le François marche de ſang-froid à
la mort, parce qu'il voit toujours l'honneur à côté
d'elle. Néanmoins il eſt arrivé pendant la dernière
Guerre, qu'au milieu des fatigues d'un long ſiége,
dans un climat brûlant qui produit en abondance
cette liqueur ſéduiſante dont l'uſage répare les for-
ces, & dont l'abus les fait perdre, nos Soldats ſe laiſ-
sèrent entraîner par la facilité de l'abus, & que les
premières rigueurs du Général ne purent remédier
au déſordre. Cet homme vraiment digne de com-

mander à des François, & qui les juge par son cœur, imagine le moyen d'être obéi sur le champ. Il fait publier à la tête de l'Armée, que tous les Soldats qui feront trouvés coupables des excès qu'il a défendus, feront privés de la gloire de monter à l'affaut. De ce moment la difcipline eft rétablie. Il n'y eut pas un Soldat qui ne s'imposât la retenue la plus auftère : & je n'ai pas befoin de dire que le jour de l'affaut une telle Armée fut victorieufe. Si un pareil événement fe fût paffé pendant les beaux jours d'Athènes ou de Rome, dans une Armée commandée par Thémiftocle ou Scipion , tous les fiècles qui fe font écoulés de- puis l'auroient célébré avec fafte ; tous nos Ecrivains ne ceffcroient encore de nous vanter & la haute opi- nion que le Général avoit de fon Armée en ofant rif- quer cette fingulière menace, & le courage altier de chacun de ces vingt mille Soldats, qui ne voit point de plus honteux châtiment que de refter à l'abri du danger, tandis que fes compagnons iront mourir pour la Patrie. Mais, MESSIEURS, l'action eft-elle moins grande , parce que notre fiècle en a été témoin, parce que la plûpart de ces braves Soldats vivent encore, & que le Général eft le Vainqueur de Minorque affis par- mi vous ?

Voilà les momens où il faut juger la Nation ; c'eft lorfqu'elle eft raffemblée , lorfqu'un fentiment géné- ral peut fe manifefter. Ne la condamnons pas d'après les vices de quelques particuliers ; encore moins d'a- près ces Êtres ifolés, qui ne vivant que pour eux-mêmes, n'ont jamais , dans aucun fiècle ni dans aucun pays , été comptés au nombre des Citoyens. Que les vrais François

François se rassurent; qu'ils ne laissent pas décourager leur vertu en croyant qu'elle est solitaire & stérile : ils sont par-tout entourés de leurs semblables. Qu'ils en jugent seulement par nos Spectacles! Lorsqu'on représente à la Nation l'héroïsme de ses pères, quelque médiocres que soient les talens du Poëte, l'ivresse du plaisir ravit, enchante tous les esprits, le doux frémissement de la joie fait palpiter tous les cœurs. Ah ! lorsqu'un fils est indigne de ses Ancêtres, le voit-on tressaillir d'allégresse devant leurs portraits ? Il rougit & baisse les yeux. Ames de nos valeureux Chevaliers, vous reconnoissez vos enfans à leurs nobles transports: avec quelle satisfaction paternelle vous voyez leurs ames s'élancer vers vous, fières du bonheur de vous ressembler!

O Patrie! j'ai donné occasion à tes fils de te montrer combien ils sont dignes de toi: je t'ai retrouvé des Coucys dignes de leur nom : voilà le seul mérite de tous mes travaux. Puissé-je, MESSIEURS, encouragé par vos conseils, guidé par vos lumières, inspiré par vos vertus, retracer avec plus de force à mes Compatriotes ce qu'ils ont été, ce qu'ils sont encore, ce qu'ils peuvent & veulent toujours être ! Puissé-je recueillir quelques étincelles de ce feu divin qui anime le Chantre des Héros d'Yvri & de Fontenoi, ce Poëte, cet Historien, ce Philosophe, que toutes les Muses couronnent tour-à-tour, ce Génie sur qui le temps n'a point d'empire, & qui jouit, en ne vieillissant pas, des prémices de l'immortalité! C'est à lui d'exciter par sa mâle éloquence, & de fortifier les vertus de sa Nation, après les avoir chantées. C'est à vous, MESSIEURS, dignes Emules de ce Grand-Homme qui vous admire, de

C

conferver , d'entretenir par vos ouvrages le véritable efprit du Patriotifme François, dont vous êtes remplis. Que vos mains courageufes repouffent des hommes dangereux & infenfés, ardens à introduire parmi nous cette fervile imitation des mœurs étrangères qui dégrade une Nation. Et fi jamais une partie de ce Peuple magnanime pouvoit dégénérer d'elle-même & de fes Aïeux ; que l'autre par les plaintes les plus touchantes, par des leçons hardies, & fur-tout par fes exemples, excite en elle les reproches fecrets , les gémiffemens de l'Honneur , & la pénetre de cette honte falutaire qui produit la crife heureufe dont l'effort ranime & régénere la Vertu.

*Réponse de M. l'Abbé LE BATTEUX, faisant la fonction de Directeur pour M. le Maréchal DE RICHELIEU, au Discours de M. DE BELLOI.*

# MONSIEUR,

Il eût eté plus flatteur pour vous, & plus agréable pour le public, de voir aujourd'hui M. le Maréchal de Richelieu faire les honneurs de l'Académie. Une absence nécessaire, dont il ne pouvoit prévoir le terme, & les variations de sa santé, lui ont fait craindre de ne pouvoir s'acquitter de cette fonction; & le même fort, qui l'en avoit chargé, m'a mis dans le cas d'occuper sa place, & de vous recevoir en son nom. Il n'est pas besoin de vous dire que vous y perdrez, MONSIEUR, ainsi que ceux qui m'écoutent, & que vous ne trouverez ici ni sa délicatesse ni son esprit.

*Un Homme de Lettres succede aujourd'hui à un Prince du Sang :* cette phrase est nouvelle, & n'avoit jamais eté entendue dans aucune Académie de l'Europe, non plus que celle-ci : *Un Prince du Sang a succédé à un Homme de Lettres.* Les Lettres sont redevables de l'une & de l'autre à SON ALTESSE SÉRÉNISSIME MONSEIGNEUR LE COMTE DE CLERMONT, qui a préféré à tous les titres de fupériorité qu'il avoit droit de prendre dans l'Empire littéraire , celui de la fimple adoption , dans une Compagnie dont la premiere loi eft l'égalité de tous ceux qui la compofent.

Louis XIII créant l'Académie françoife , ne mit entr'elle & lui que fon Miniftre , ce Miniftre qui fit la gloire de fon règne , & prépara celle du fuivant: Richelieu fut nommé Protecteur de l'Académie naiffante. Louis XIV, dont les Gens de lettres ne doivent prononcer le nom qu'avec refpect & reconnoiffance , fit difparoître cet intermédiaire, & fe donna à lui-même le titre qui avoit relevé Richelieu , quand Richelieu le portoit , & qui releva infiniment les Lettres , quand Louis le Grand l'eut pris pour lui.

Il ne reftoit qu'une gloire , que l'Académie ne pouvoit efpérer , qu'elle n'eût ofé défirer ; c'étoit de voir mis dans fon ordre de réception , fur la lifte des Académiciens , le nom le plus augufte qui foit aujourd'hui fur la terre ; M. le Comte de Clermont l'a voulu ; le Roi l'a permis : époque mémorable pour les Lettres , qui ne reçurent jamais tant d'honneurs dans aucun pays, ni dans aucun fiècle.

M. le Comte de Clermont fut Académicien. Il en remplit les fonctions. Le fort le fit Directeur en 1755, & en cette qualité il fut l'interprète de l'Académie auprès du Roi , qui, accordant la grace qu'on lui demandoit , fembla fe faire un plaifir de voir l'Académie dans le Prince de fon Sang , & le Prince du Sang à la tête de l'Académie.

Le Prince , ami des Lettres , l'étoit auffi de l'humanité ; car rarement ces deux vertus fe féparent. Toutes les vues de bien public étoient féduifantes pour lui. C'eft à lui qu'on doit en partie cette idée vraiment citoyenne , que l'Académie des Sciences exécute aujourd'hui avec tant de fuccès, & qui confifte à décrire , rédiger , fimplifier les procédés de l'induftrie humaine dans les Arts mécaniques. M. le Comte de Clermont avoit autrefois raffemblé chez lui ces mêmes Arts pour le même objet. Quel étoit leur étonnement , lorfque fortant de leurs retraites obfcures , ils fe voyoient, au milieu des Arts d'agrément, dans un palais, où le regard d'un Prince les annobliffoit tous à proportion de leur utilité.

Lorfqu'il fervit dans les Armées, Namur, Lawfelt, Raucoux , furent les témoins de fon ardeur & de fon courage intrépide. Lorfqu'il les commanda en chef, il fut père du foldat , il maintint la difcipline , il vifita les hôpitaux , & y fit rentrer l'humanité. Occupé de fon objet , plein de volonté , d'un coup d'œil jufte & fur , tel en un mot que l'avoit jugé le Maréchal de Saxe , digne eftimateur des qualités militaires , il n'eut qu'une chofe à regretter : ce fut d'avoir cédé , dans un moment critique , à la réfiftance obftinée d'un avis contraire au fien. Il exprima fon regret par ce mot fimple , mais énergique : *Je n'en aurois pas tant fait tout feul.*

Vous venez, Monsieur , de nous tracer fon portrait avec les couleurs nobles & fortes qui lui convenoient. Qui pouvoit mieux que vous rendre les fentimens du cœur François pour le fang de nos Maîtres ?

. C'eſt ce talent ſur-tout qui vous à ouvert les por-
tes de l'Académie. Ceux qui y ſont entrés avant vous,
pour avoir brillé dans la carrière des Corneilles &
des Racines, y ont été admis comme poëtes, & par
le mérite de leur genre. Vous, MONSIEUR, vous
y entrez comme poëte citoyen, par le mérite de votre genre, & par celui de votre perſonne. Dans un
ſiècle qui ſembloit voué à la frivolité & à l'intérêt
perſonnel, vous avez oſé nous faire entendre la
voix du patriotiſme, & vous l'avez fait avec tant de
force, que la Nation entière s'eſt ſentie comme en-
levée par votre enthouſiaſme. Cette Nation vive,
valeureuſe, paſſionnée pour la gloire & pour ſon
pays, s'eſt retrouvée dans vos tragédies. Elle y a
retrouvé ſa vertu, à laquelle elle ne croyoit preſque
plus. Que ne vous doit-elle pas, pour l'avoir rendue
à un ſentiment ſi doux! C'eſt pour acquitter cette
dette, autant qu'il eſt en elle, que l'Académie couronne aujourd'hui vos ſuccès. On a dit que c'étoit
*la Couronne civique ;* louange ſingulière, qui fait mar-
cher enſemble votre éloge, l'éloge de la Nation &
celui de l'Académie.

C'étoit ſur de pareils ſujets que la Tragédie s'e-
xerçoit chez les Grecs. Ils ne célébroient point ſur
leurs théâtres les actions des Egyptiens, des Phéni-
ciens, des Peuples qu'ils appeloient *barbares.* Ils célébroient celles de leurs aïeux, de leurs pères, les
leurs propres. Avec quels frémiſſemens & quelle
ivreſſe le parterre d'Athènes entendoit les Chœurs
d'Eſchyle, lorſqu'en ſon ſtyle de géant, ſi j'oſe m'ex-

primer ainſi, ce frère du fameux Cynégyre * chantoit
les combats de Marathon, de Salamine, de Platée,
où il s'étoit trouvé, à ceux-là même qui avoient com-
battu ; lorſqu'il leur donnoit en ſpectacle le Roi de
Perſe, le grand Roi, rentrant dans Suſe, ſeul, ſans
armes, s'écriant dans ſa douleur profonde : *O Athènes !*
*ſuperbe Athènes ! tu as couvert de deuil toute l'Aſie !*
*tu as autant de remparts que de Citoyens !*

Il eſt heureux pour vous, Monsieur, que
parmi ces grands génies qui vous ont précédé ſur la
Scène françoiſe, il y en ait à peine un ſeul qui ait
indiqué cette veine ſi riche. Comment n'ont-ils point
vu que l'intérêt étant l'ame de la Tragédie, la France
devoit être plus intéreſſante pour nous, que la Grèce
ancienne ou l'Italie ? que nous devions être plus tou-
chés de voir notre hiſtoire, nos loix, nos mœurs
ſur la Scène, que les parricides & les inceſtes fabuleux de la Mythologie païenne ? Que les portraits
de Luſignan, d'Euſtache de Saint Pierre, de Couci,
de Bayard, de Du Gueſclin, portraits de nations,
comme ſont ceux de familles, conſervés de ſiècle
en ſiècle par l'amour autant que par l'admiration,
nous devoient être plus chers que ceux d'une mère
qui égorge ſes enfans par une rage de jalouſie,
ou d'un fils qui poignarde ſa mère par une ven-
geance méditée, & de ſang - froid ? Qu'on nous
montre un héros malheureux, nous ſommes tou-

---

* C'eſt cet Athénien à qui l'ennemi coupa la main droite avec laquelle
il arrêtoit un vaiſſeau, puis la gauche qu'il y avoit portée enſuite,
& qui enfin voulut l'arrêter avec les dents.

chés, parce que c'eſt un homme; mais ſi cet homme eſt un François, quel attendriſſement! quels tranſports! Nous l'avons éprouvé, MONSIEUR, & vous en avez joui. Peignez-nous cette généroſité chevalereſque de nos aïeux, ces délicateſſes d'honneur, cet attachement inviolable au nom François, cet amour de dévouement pour nos Rois. Peignez cette Nobleſſe ardente & emportée, qui ne voyoit que la gloire & non le danger; ces grandes & déſaſtreuſes journées, où *tout fut perdu, fors l'honneur.* Remontez, s'il le faut, juſqu'à ces temps de barbarie, que nous regardons aujourd'hui, heureuſement pour nous, comme les temps fabuleux de notre Hiſtoire. Depuis les fureurs de Frédégonde & de la trop malheureuſe Brunehault, en paſſant par les règnes des Charles & des Capets juſqu'à celui de Saint Louis dans les fers, juſqu'à ceux des Valois, toujours braves & toujours malheureux, juſqu'à celui d'Henri IV, théâtre de tant d'agitations & de troubles, que de momens, que d'événemens, publics & particuliers, n'attendent que l'art & le génie!

Je m'apperçois que je m'écarte. Je ne parle que du genre que vous avez choiſi, & non de la manière dont vous l'avez traité. Mais à quoi vous eût ſervi le choix, ſans le talent d'exécuter? Dans le Tragique, c'eſt l'ame des Poëtes qui choiſit les ſujets; c'eſt auſſi l'ame qui les rend. Si vous n'aviez eu que le génie de ceux qui, dans le ſiècle paſſé, ont entrepris de chanter Clovis, Charlemagne, le ſiége d'Orléans, l'intérêt des ſujets nationaux ſe feroit éteint

dans

dans vos mains, comme dans les leurs. Mais vous avez ſu animer vos tableaux de l'ame de la Nation : vous avez eu l'art de faire paſſer votre enthouſiaſme tout entier, de vous dans vos héros, de vos héros dans vos ſpectateurs. C'étoit le ſecret de Corneille & de Racine : c'eſt celui du plus célèbre de leurs ſucceſſeurs. Vous l'avez trouvé comme eux.

Reſtez donc, MONSIEUR, conſtamment attaché au genre de ſujets que vous avez choiſi. Vous ſerez ſûr de nous plaire & de nous charmer. Le tableau de nos aïeux eſt encore le nôtre. Nous avons renouvellé nos preuves à Fontenoi, à Berg - op - zoom, à Mahon, à Metz ſur-tout, lorſque la France fit retentir toute l'Europe de ſes douleurs & de ſa joie.

Vous trouverez dans la Compagnie où vous entrez, des lumières, des conſeils, des modèles ; vous y trouverez une ſuite de diſcuſſions littéraires qui ſervent à perfectionner le ſtyle, & à épurer le goût ; vous y trouverez enfin des cœurs François, qui entreront avec plaiſir dans les ſentimens patriotiques de leur nouveau confrère, & qui les augmenteront encore par leur exemple.

www.ingramcontent.com/pod-product-compliance
Lightning Source LLC
Chambersburg PA
CBHW070910200626
46818CB00006BA/2466